VÓ, PARA DE FOTOGRAFAR!

TEXTO DE
ILAN BRENMAN

ILUSTRAÇÕES DE
GUILHERME KARSTEN

2ª edição

Texto © ILAN BRENMAN, 2023
Ilustrações © GUILHERME KARSTEN, 2023
1ª edição, 2017

DIREÇÃO EDITORIAL	Maristela Petrili de Almeida Leite
COORDENAÇÃO DE EDIÇÃO DE TEXTO	Marília Mendes
EDIÇÃO DE TEXTO	Ana Caroline Eden
COORDENAÇÃO DE EDIÇÃO DE ARTE	Camila Fiorenza
PROJETO GRÁFICO	Isabela Jordani
DIAGRAMAÇÃO	Cristina Uetake
ILUSTRAÇÃO DE CAPA E MIOLO	Guilherme Karsten
COORDENAÇÃO DE REVISÃO	Thaís Totino Richter
REVISÃO	Nair Hitomi Kayo
COORDENAÇÃO DE *BUREAU*	Everton L. de Oliveira
TRATAMENTO DE IMAGENS	Joel Aparecido Bezerra
PRÉ-IMPRESSÃO	Ricardo Rodrigues, Vitória Sousa
COORDENAÇÃO DE PRODUÇÃO INDUSTRIAL	Wendell Jim. C. Monteiro
IMPRESSÃO E ACABAMENTO	HRosa Gráfica e Editora
LOTE	779791
COD	120004726

DADOS INTERNACIONAIS DE CATALOGAÇÃO NA PUBLICAÇÃO (CIP)
(CÂMARA BRASILEIRA DO LIVRO, SP, BRASIL)

Brenman, Ilan
  Vó, para de fotografar! / texto de Ilan Brenman ; ilustrações de Guilherme Karsten. – 2. ed. – São Paulo : Santillana Educação, 2023. – (Família e Cia.)

ISBN 978-85-527-2655-5

1. Literatura infantojuvenil I. Karsten, Guilherme. II. Título. III. Série.

23-153771   CDD-028.5

Índices para catálogo sistemático:
1. Literatura infantil 028.5
2. Literatura infantojuvenil 028.5

Cibele Maria Dias - Bibliotecária - CRB-8/9427

Editora Moderna Ltda.
Rua Padre Adelino, 758 – Quarta Parada
São Paulo – SP – CEP: 03303-904
Central de atendimento: (11)2790-1300
www.moderna.com.br
Impresso no Brasil
2023

LEITURA EM FAMÍLIA
Dicas para ler
com as crianças!
http://mod.lk/leituraf

**PARA VÓ DIANA E SUAS NETAS:
THAIS, LIS, IRIS E TARSILA.**
ILAN BRENMAN

**PARA VÓ MARIA, QUE NÃO ENTENDE QUASE
NADA DE MÁQUINA FOTOGRÁFICA, MAS TEM
UM CORAÇÃO REPLETO DE MEMÓRIAS COM
SEUS NETOS E BISNETOS.**
GUILHERME KARSTEN

A MINHA VÓ ANDA COM A CÂMERA DE FOTOS A TIRACOLO E EU SEMPRE DIGO:

— VÓ, PARA DE FOTOGRAFAR!

NA FESTA À FANTASIA, LÁ ESTAVA
ELA DE PONTA-CABEÇA.

— VÓ, PARA DE FOTOGRAFAR!

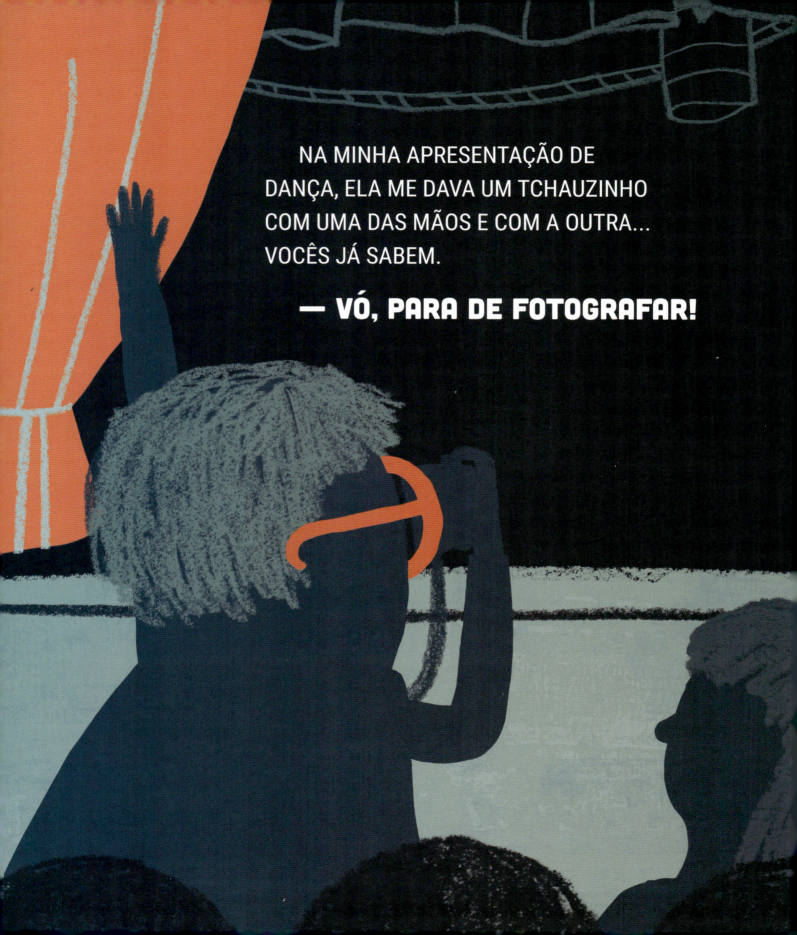

NO ANIVERSÁRIO DA MINHA PRIMA, ELA CORRIA ATRÁS DO PALHAÇO E QUANDO VIA UM SORRISO...

— VÓ, PARA DE FOTOGRAFAR!

NO MEU JOGO DE HANDEBOL...
— VÓ, PARA DE FOTOGRAFAR!

NA HORA DO BANHO DE ESPUMA,
AQUELE RELAXAMENTO GOSTOSO...
— VÓ, PARA DE FOTOGRAFAR!

NO PARQUE DE DIVERSÕES,
BRINCANDO NO TREM FANTASMA...

— VÓ, PARA DE FOTOGRAFAR!

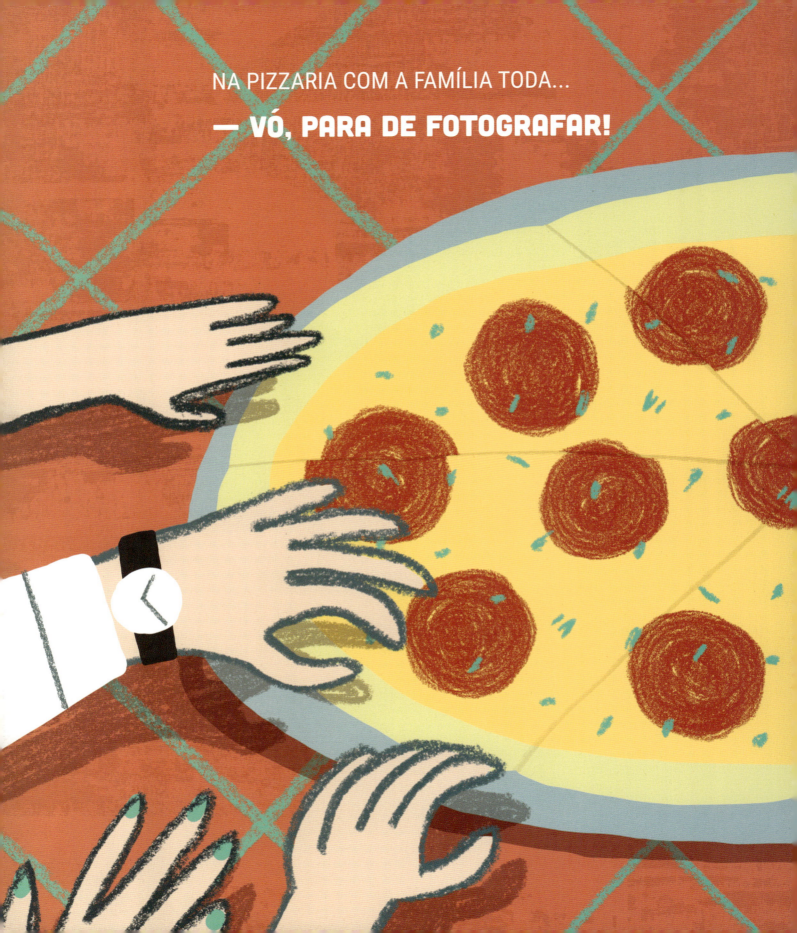

NA PRAIA EU IMAGINAVA QUE NÃO HAVERIA FOTOS. A MINHA VÓ NÃO GOSTA DE ENTRAR NA ÁGUA. ASSIM QUE MERGULHEI, ADIVINHEM QUEM ESTAVA LÁ?

— VÓ, NÃO PARA NUNCA DE FOTOGRAFAR! EU TE AMO MUITO!

ÁLBUM DE LEMBRANÇAS

RESERVAMOS ESTE ESPAÇO PARA VOCÊ
FAZER O SEU ÁLBUM DE LEMBRANÇAS,
COMO A VÓ FEZ NA HISTÓRIA
QUE VOCÊ ACABOU DE LER.

COLE FOTOS DA SUA VÓ, DO SEU VÔ,
DA SUA FAMÍLIA E DE PESSOAS
OU BICHINHOS QUERIDOS.

AUTOR E OBRA

ILAN BRENMAN é filho de argentinos, neto de russos e poloneses. Ele nasceu em Israel em 1973 e veio para o Brasil em 1979. Naturalizado brasileiro, Ilan morou a vida inteira em São Paulo, onde continua criando suas histórias.

Ilan fez mestrado e doutorado na Faculdade de Educação da USP, ambos defendendo uma literatura infantil e juvenil livre e com muito respeito à inteligência e à sensibilidade da criança e do jovem leitor.

Recebeu diversos prêmios, entre eles o selo "Altamente Recomendável" pela Fundação Nacional do Livro Infantil e Juvenil, os 30 melhores livros do ano pela Revista *Crescer* e o prêmio White Ravens (Alemanha), o que significa fazer parte do melhor que foi publicado no mundo.

Seus livros foram publicados na França, Itália, Alemanha, Polônia, Espanha, Suécia, Dinamarca, Turquia, Romênia, México, Argentina, Chile, Vietnã, Coreia do Sul, China, Taiwan entre outros países.

Atualmente percorre o Brasil e o mundo dando palestras e participando de mesas de debate em feiras de livros, escolas e universidades sobre temas contemporâneos nas áreas de cultura, família, literatura e educação.

"Minha mãe foi a inspiração para escrever este livro – ela realmente adora fotografar. As netas reclamam, mas depois adoram o resultado", conta o autor.

Para conhecer mais o trabalho do Ilan:
www.ilan.com.br

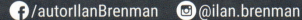
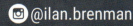

/autorIlanBrenman   @ilan.brenman

O ILUSTRADOR

© Nadya Costa

Nasci em Blumenau, no sul do Brasil, onde moro com esposa e com meus dois filhos. Sempre gostei muito de desenhar e soube desde pequeno que queria trabalhar com isso. Enquanto trabalho e crio minhas ilustrações, sinto como estivesse brincando. Além de ilustrador, sou também escritor, e minhas histórias já foram publicadas em mais de 15 idiomas ao redor do mundo.

Sou formado em Publicidade e Propaganda e pós-graduado em *Design* Gráfico. Fui vencedor do Prêmio Jabuti 2021 na categoria Ilustração e ganhei alguns prêmios internacionais, entre eles o Golden Pinwheel Grand Award, na China, e Golden Plaque at the Biennial of Illustrations Bratislava (BIB), na Eslováquia.

Quando não estou criando minhas histórias, gosto de jogar basquete, tocar violão e estar com minha família.

Sou um pouco tímido e não tenho muita paciência pra tirar fotos, mas depois fico feliz por tê-las para relembrar momentos especiais ou até mesmo do dia a dia.

E, quer saber uma curiosidade sobre as ilustrações deste livro? Foi só depois que terminei todas as ilustrações que percebi que a avó do livro era muito parecida com a minha avó Maria.

Guilherme Karsten

Para conhecer meus livros e meu trabalho, acesse:
www.guilhermekarsten.com
@guikarsten